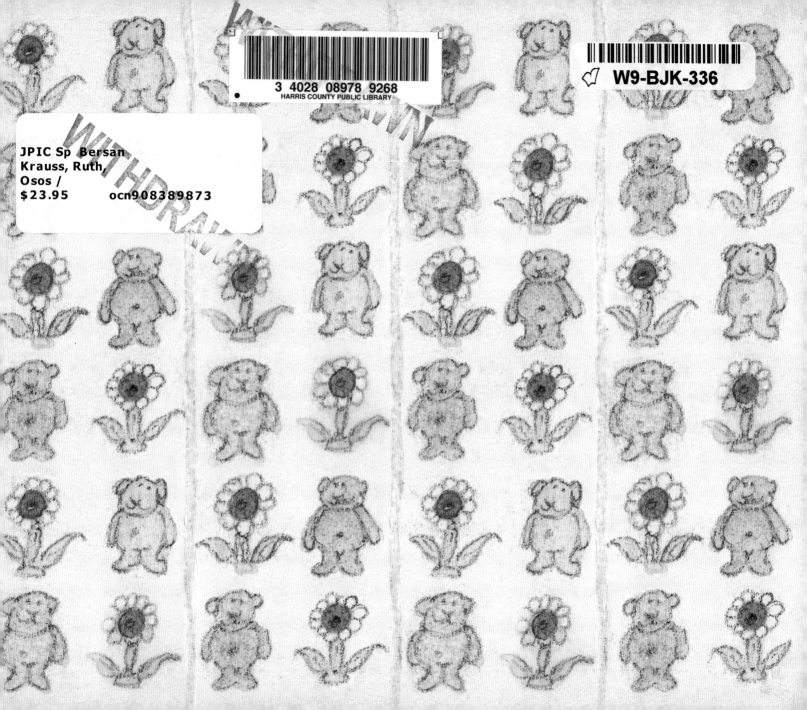

Texto de Ruth Krauss
Ilustraciones de Maurice Sendak

Osos aseados

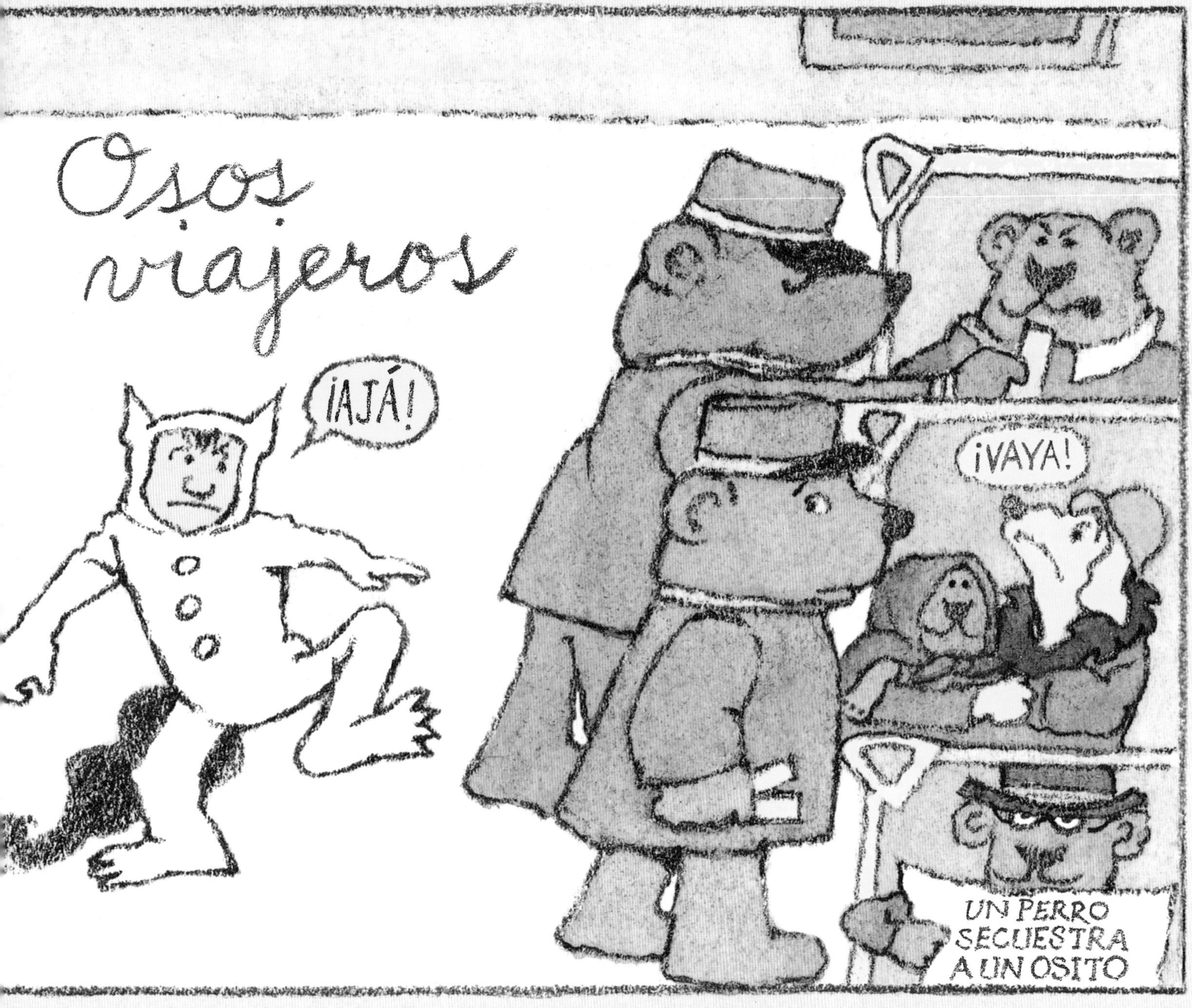
Osos viajeros
¡AJÁ!
¡VAYA!
UN PERRO SECUESTRA A UN OSITO

Osos callejeros

Osos

Osos...

por todos los rincones

Título original: *Bears*

Colección libros para soñar®

Text copyright © 1948, Ruth Krauss, copyright renewed 1980 by Ruth Krauss
Pictures copyright © 2005, Maurice Sendak
Publicado con el acuerdo de Michael di Capua Books / HarperCollins Publishers
© de la traducción: Xosé Ballesteros y Silvia Pérez, 2015
Tipografía manuscrita realizada por Tom Starace
© de esta edición: Kalandraka Editora, 2015

Calle de Pastor Díaz, n.º 1, 4.º A. 36001 - Pontevedra
Tel.: 986 860 276
editora@kalandraka.com
www.kalandraka.com

Impreso en Gráficas Anduriña, Poio
Primera edición: febrero, 2015
ISBN: 978-84-8464-894-9
DL: PO 5-2015
Reservados todos los derechos

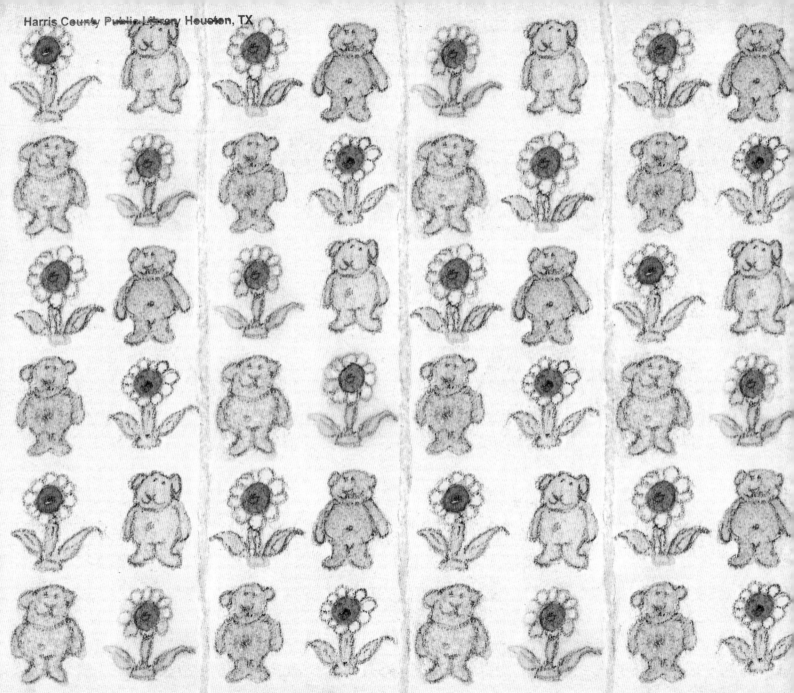